HOLA, SOY
ROWLEY
JEFFERSON.

AQUÍ ESTÁN ALGUNOS LIBROS DE MI MEJOR AMIGO GREG HEFFLEY.

OTROS LIBROS DE JEFF KINNEY:

¡SÍ! ¡Y LUEGO ME ROBASTE DESCARADAMENTE LA IDEA!

DIARIO DE ROWLEY

¡Un chico supergenial!!

YO MISMO ESCRIBÍ EL TEXTO Y DIBUJÉ LAS ILUSTRACIONES TODO SIN AYUDA DE NINGÚN ADULTO

¡Ahora hablo yo!

Jeff Kinney

DE ACUERDO PERO ¿QUIÉN ES ESTE TIPO?

MOLINO

Título original: *Diary of an Awesome Friendly Kid, Rowley Jefferson´s Journal*

© 2019, Wimpy Kid, Inc.

©2022, Penguin Random House Grupo Editorial USA, LLC
8950 SW 74th Court, Suite 2010
Miami, FL 33156

penguinlibros.com

DIARIO DE ROWLEY™, ¡UN CHICO SUPERGUAY!™, el personaje de Rowley Jefferson™, el personaje de Greg Heffley™ y el diseño de la portada son marcas registradas de Wimpy Kid, Inc. Todos los derechos reservados.

Diseño de la portada y diseño del libro: Jeff Kinney, Lora Grisafi y Chad W. Beckerman

© 2019, Esteban Morán, por la traducción.

ISBN: 978-1-64473-651-7

Impreso en México – *Printed in Mexico*

22 23 24 25   10 9 8 7 6 5 4 3 2 1

ESTOS SON UNOS DATOS ABURRIDOS QUE ME HICIERON PONER AQUÍ.

Mi primera anotación

Hola, soy Rowley Jefferson y este es mi diario.
Espero que les haya gustado hasta ahora.

Decidí empezar un diario porque mi mejor
amigo Greg Heffley tiene uno y acostum-
bramos hacer las mismas cosas. Ah sí,
debería decir que Greg y yo somos

Seguro que pensarán: "Bueno, pues cuéntanos
algo más sobre ese tal Greg". Pero mi libro
no se trata de ÉL, se trata de MÍ.

El motivo por el que lo titulé "Un chico supergenial" es que mi papá siempre dice eso de mí.

Como ya dije, Greg es mi mejor amigo y eso hace que mi papá sea mi SEGUNDO mejor amigo. Pero nunca se lo comentaré porque no quiero herir sus sentimientos.

Ya que estoy hablando de mi papá debería decir que no parece que Greg le caiga demasiado bien, la verdad. Y si tengo esa impresión es porque mi papá no para de decírmelo.

Pero eso es solo porque mi papá no comprende el sentido del humor de Greg.

Seguro que piensan algo como: "Eh Rowley, se suponía que este libro iba a tratar de TI". Tienen razón, así que a partir de ahora prometo que aquí va a haber Rowley para dar y regalar.

Lo primero que tienen que saber sobre mí es que vivo con mi mamá y con mi papá en una casa situada en lo alto de la calle Surrey, que es la misma calle en la que vive mi mejor amigo Greg.

Ya hablé sobre mi papá pero mi mamá también es genial porque me alimenta con comida sana y me ayuda a ir siempre bien limpito.

RAS
RAS

Todas las mañanas voy caminando a la escuela con mi amigo Greg. Es padrísimo cuando nos juntamos pero a veces hago cosas que le enojan.

Pero lo que REALMENTE pone nervioso a Greg es cuando lo imito. Por eso tal vez no le diré nada de este diario porque se pondría como loco. Todavía no sé qué voy a hacer.

De todos modos escribir este diario es demasiado trabajo así que eso es todo por hoy. Pero mañana hablaré más de Greg porque como ya dije somos grandes amigos.

Mi segunda anotación

Pues tengo malas noticias: Greg ya sabe lo
de mi diario.

Creo que me sentía tan orgulloso de tener
mi propio diario que quise enseñárselo. Pero tal
como había previsto, se ENOJÓ muchísimo.

Greg dijo que le había copiado descaradamente
y que me iba a demandar por robarle la idea.
Yo le dije bien pues bueno pues ok puedes
INTENTARLO pero no eres la PRIMERA
persona que escribe un diario.

Entonces Greg dijo que son unas MEMORIAS y no un diario y luego me pegó con mi propio libro.

Le dije a Greg que si seguía comportándose como un tonto dejaría de escribir cosas buenas sobre él en mi diario. Entonces le mostré lo que llevaba escrito.

Al principio pareció sorprendido porque yo siempre me olvido de dibujarle narices a la gente. Pero luego dijo que mi libro le había dado una IDEA.

Greg dijo que un día será rico y famoso y que todo el mundo querrá conocer la historia completa de su vida. Y dijo que yo podría ser quien la ESCRIBIERA.

Le dije que pensaba que para eso ya está su DIARIO y él me dijo que esa es su AUTO-biografía pero que mi libro podría ser su BIOGRAFÍA.

Greg dijo que algún día habrá un MONTÓN de biografías sobre él, pero que me estaba dando la oportunidad de escribir la primera.

Pensé que parecía una buena idea porque soy el mejor amigo de Greg y nadie lo conoce mejor que YO.

Así que comenzaré este libro de nuevo pero con un nuevo título y el personaje principal no seré yo sino Greg. Pero no se preocupen porque yo también pienso aparecer mucho.

DIARIO
DE **GREG**
HEFFLEY

Por el mejor amigo
de Greg Heffley

Rowley Jefferson →

PRIMEROS AÑOS

Gran parte de las biografías de presidentes y famosos en general comienzan con un capítulo titulado "Primeros años". Bueno, el problema es que conocí a Greg en cuarto grado así que no sé mucho de lo que le ocurrió antes de eso.

Vi algunas fotos colgadas en las paredes de la casa de Greg y solo puedo decir que fue un bebé normal. Y que viendo esas imágenes es imposible saber si realmente hizo algo importante de pequeño.

En cualquier caso saltaré hasta poco antes de que comenzara cuarto grado y ahora esta biografía será mucho más detallada.

Vivíamos en otro estado diferente pero mi papá consiguió un trabajo muy importante y tuvimos que mudarnos. Mi familia compró una casa nueva en lo alto de la calle Surrey y nos mudamos allá en verano.

Los primeros días casi no salía de casa porque me asustaba un poco estar en un sitio nuevo.

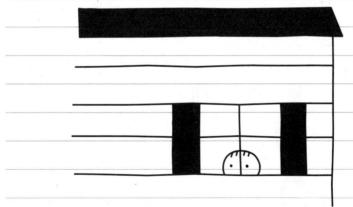

Sé que tal vez se preguntan: "Bueno ¿y cuándo conocerá a Greg?" pero esperen un poco porque ya estoy llegando a esa parte.

Mi mamá me sugirió que tratara de hacer amigos y, para ayudarme a conseguirlo, incluso me compró un libro titulado "Cómo hacer amigos en sitios nuevos".

El libro tenía chistes del tipo "¡Toc-toc! ¿Quién es...?" para ayudar a un chico como yo a conocer gente nueva. Pero esos trucos no sirvieron con Greg.

Por suerte Greg y yo nos hicimos amigos igualmente.

Le dije a Greg que vivía en la casa nueva en lo alto de la colina y él dijo que esa era una mala noticia para mí porque cuando nuestro terreno estaba desierto puso una bandera ahí y ahora él era el propietario de mi casa y de todo lo que hubiera en ella.

Pero más tarde mi papá me dijo que eso no era cierto y se fue a casa de Greg a recuperar mi bici.

Creo que aquella fue la primera vez que mi papá me dijo lo que pensaba de Greg.

Pero a mí me gusta MUCHO Greg. Siempre se le ocurren cosas chistosas con las que hacerme reír cuando tengo la boca llena de leche.

Además Greg siempre me gasta bromas disparatadas con las que también me muero de la risa.

Así que ya se imaginarán por qué Greg y yo somos mejores amigos desde cuarto grado. Incluso conseguí un par de dijes de "mejores amigos" para hacerlo oficial pero Greg dice que esas son cosas de niñas y que por eso no se pone el suyo.

Bien, probablemente podría llenar un libro entero con todas las locuras que Greg y yo solemos hacer pero como esta es su biografía quizá debería escribir algo sobre su familia.

Greg tiene una mamá y un papá, igual que yo, pero son unos padres muy normalitos así que no tengo mucho que contar sobre ellos.

Greg no es hijo único como yo. Tiene un hermano mayor que se llama Rodrick que tiene un grupo de rock llamado Celebros Retorcidos.

En algunas de sus canciones dicen groserías así que no me dejan quedarme en casa de los Heffley cuando Rodrick está ensayando.

Greg también tiene un hermano pequeño que se llama Manny y tiene tres años. Y no pregunten por qué pero la primera vez que fui a casa de Greg para jugar Manny se bajó los pantalones y me enseñó el trasero.

Ahora cada vez que veo a Manny actúa como si ambos compartiéramos un gran secreto o algo así y me siento bastante incómodo.

En cualquier caso creo que esto pone fin al primer capítulo de la biografía de Greg. Y si están pensando "Rowley, ¿cuándo llegamos a las partes interesantes?" solo tienen que ESPERAR un poco.

LA PRIMERA VEZ QUE ME QUEDÉ A DORMIR EN CASA DE GREG

En cuanto Greg y yo nos conocimos tuvimos algunas citas para jugar en MI casa y otras veces en SU casa. Ah sí, olvidaba que a Greg no le gusta nada que las llame "citas" así que trataré de cambiar eso en el próximo borrador o me pegará de nuevo.

De todos modos Greg y yo nos "extendíamos" mucho visitando nuestras respectivas casas pero entonces un día me invitó a DORMIR en su casa.

Yo estaba muy preocupado porque nunca había dormido fuera de casa. De hecho ni siquiera dormía en MI cama porque tenía miedo.

Le dije a mamá que no me quedaría en casa de Greg pero me sentí MEJOR cuando dijo que podía llevarme a Carrots conmigo.

Al llegar a casa de Greg jugamos un rato en su habitación pero a eso de las 9:00 la señora Heffley nos dijo que ya era hora de irse a la cama. Y dijo que teníamos que dormir en el SÓTANO. Me puse SUPERnervioso porque los sótanos son muy siniestros.

En cuanto la señora Heffley apagó la luz Greg dijo que tenía que contarme algo importante. Me dijo que hay un ser mitad hombre y mitad cabra que habita en los bosques cercanos a nuestro vecindario así que tal vez no debería salir solo por la noche.

Escuchar semejante noticia NO me gustó nada y realmente quise que alguien le hubiera contado a mis padres lo de ese tipo con aspecto de cabra antes de mudarnos al barrio.

Lo del FAUNO me dejó TOTALMENTE aterrado así que me escondí debajo de las sábanas. Creo que Greg también estaba aterrado porque se escondió CONMIGO.

Entonces, de repente, se escuchó un ruido
espeluznante en la ventana y sonó exactamente igual que como habría sonado un ser
mitad hombre y mitad cabra.

Greg y yo no queríamos que el FAUNO nos
devorara así que salimos de ahí lo más rápido
que pudimos.

Pero casi nos matamos al tropezarnos mientras subíamos por la escalera.

Nos encerramos en la lavandería para que el FAUNO no nos atrapara. Entonces descubrimos que para NADA era un FAUNO, sino Rodrick el hermano de Greg que nos jugaba una broma.

De acuerdo, lo que viene ahora resulta embarazoso pero como se trata de una biografía tengo que contar toda la verdad. Me hice pipí en los pantalones cuando estábamos en el sótano y oímos aquellos ruidos afuera.

La señora Heffley me prestó un cambio de ropa interior de Greg pero me quedaba chica. Así que mi papá tuvo que recogerme y llevarme a casa a las tantas horas de la noche.

Pasó mucho tiempo antes de que me dejaran regresar a casa de Greg para quedarme a dormir, pero esa es una historia MUCHO más larga y ni siquiera estoy seguro de que quepa en este libro.

LA VEZ QUE SALVÉ A GREG DE LA FIESTA DE CUMPLEAÑOS DE TEVIN LARKIN

Hay un chico llamado Tevin Larkin que vive en la calle Speen. El verano pasado su mamá nos invitó a Greg y a mí a la fiesta de cumpleaños de Tevin. No queríamos ir porque Tevin siempre se emociona demasiado pero nuestras mamás dijeron que TENÍAMOS que acudir.

Y resulta que Greg y yo éramos los ÚNICOS invitados a la fiesta pero no lo supimos hasta que llegamos.

Después de abrir los regalos su mamá sugirió empezar las actividades de la fiesta.

La primera actividad era ver una película de un tipo que se podía transformar en oso, en águila y en muchos animales más.

Cuando la película terminó Tevin quiso verla DE NUEVO. Pero Greg y yo le dijimos a su mamá que no queríamos volver a verla, así que ella dijo que podíamos cambiar a otra actividad como jugar a ponerle la cola al burro.

Bueno, esto ENLOQUECIÓ a Tevin.

Se alteró y empezó a actuar como el tipo
de la película que podía transformarse
en animales.

Supongo que la mamá de Tevin estaba
acostumbrada a este tipo de cosas pero Greg
y yo no sabíamos qué hacer. Le preguntamos
a la señora Larkin si podía llevarnos a casa
pero ella dijo que todavía faltaban dos horas
para que la fiesta terminara.

Así que decidimos salir por la puerta trasera
y esperamos en el jardín a que Tevin se
tranquilizara.

Pero Tevin nos encontró y empezó a
portarse como si hubiera ENLOQUECIDO.

Retrocedí unos pasos para apartarme de
Tevin pero entonces me caí de una pendiente.
Por suerte la pendiente no era DEMASIADO
inclinada o, de lo contrario, me habría frac-
turado unos cuantos huesos. Pero cuando
me puse de pie, escuché un zumbido a mi
alrededor.

Resulta que había un NIDO DE AVISPAS al pie
de la pendiente y estaban alteradísimas.

Me picaron por los menos doce veces y dos de ellas en la BOCA.

La señora Larkin me llevó a casa sin demora y Greg se sumó al viaje.

Greg siempre dice que "está en deuda conmigo" por haberlo sacado de aquella fiesta, y yo lo escribo en este libro por si alguna vez se lo tuviera que recordar.

LOS LOGROS DE GREG

Todas las biografías que leí para la escuela tienen un capítulo titulado "Logros" así que me imagino que lo mejor será agregar eso aquí antes de que se me olvide.

El problema es que Greg es todavía un chico y la mayoría de sus logros aún no se han producido. Por lo tanto, dejaré un espacio en blanco y lo rellenaré más adelante.

1.

2.

3.

4.

5.

6.

7.

8.

9.

10.

LA VEZ QUE GREG Y YO COMETIMOS UN ERROR EN UN ANTIGUO CEMENTERIO

Si los asustó la historia del FAUNO harían bien en no leer esta. Si todavía están leyendo, recuerden que les avisé.

Una vez Greg y yo estábamos jugando a vikingos y ninjas en el bosque y entonces llegaron varios adolescentes y nos arruinaron la diversión.

PERO ESTA AÚN NO ES LA PARTE TERRORÍFICA así que sigan leyendo.

Greg y yo nos adentramos en el bosque para alejarnos de esos sinvergüenzas. Greg dijo que podíamos construir un fuerte para protegernos por si intentaban buscarnos.

Así que nos pasamos el resto de la tarde haciendo un fuerte con palos y troncos.

Greg dijo que debíamos ponerle piedras a nuestro fuerte por si la situación se volvía REALMENTE desesperada, pero ya empezaba a oscurecer y no había muchas piedras en esa parte del bosque.

Entonces tropecé con algo. Adivinen qué era: una hermosa ROCA.

Le dije a Greg que me parecía que me había torcido un tobillo pero la roca le interesaba mucho más que mi lesión.

Greg dijo que no era una roca sino una LÁPIDA y que estábamos molestando en un ANTIGUO CEMENTERIO.

Imagino que todo esto ya lo veían venir porque lo digo en el título de este capítulo. Creo que luego lo cambiaré para no arruinar la sorpresa.

En cualquier caso a Greg y a mí nos ATERRO-RIZABA ese antiguo cementerio y, como ya era NOCHE CERRADA, estábamos todavía más asustados. Pero Greg se debió de olvidar por completo de mi tobillo, ya que salió corriendo y yo no podía seguirlo.

Esperé durante horas a que Greg regresara pero no lo hizo.

Por suerte, mis padres llamaron a casa de Greg para preguntar dónde estaba y eso le ayudó a recordar que yo seguía afuera.

Una muestra de lo gran amigo que es Greg es que le prestó a mis padres su linterna y les mostró la dirección exacta donde podían encontrarme.

UNA HISTORIA TODAVÍA MÁS TERRORÍFICA

Bueno ya que estamos con historias de miedo, quiero contar una que me sucedió hace un par de años.

Estaba pasando el fin de semana con mi papá en la cabaña de madera de mi abuelo. Fuimos de excursión y me ensucié bastante. Bueno, siendo rigurosos era la cabaña de mi PAPÁ porque mi abuelo falleció el año pasado.

Yo solía llamar "Abu" a mi abuelo. Esto se debe a que cuando tenía solo dos años era incapaz de decir "abuelito".

Luego crecí y, aunque ya PODÍA decir "abuelo", nadie me permitió cambiar esa costumbre. Y cuando mi abuelo murió fue la única palabra que dijo.

Bueno, regresemos a la historia. Volví muy sucio de la excursión y mi papá me mandó directo a la ducha.

Pero la cabaña de Abu es muy antigua y no TIENE ducha, solo una de esas viejas tinas del año de la canica.

Llené la tina con agua, me metí dentro y ahora les contaré lo SIGUIENTE que ocurrió. Escuché unos pasos procedentes del pasillo y pensé que era mi papá que venía para traerme una toalla o algo así.

43

Entonces la puerta se abrió muy despacio, y ¡adivinen qué pasó! ¡NO HABÍA NADIE!

Salí de la tina y recorrí la casa de arriba abajo buscando a mi papá.

Y si están pensando "Oh Rowley, el de la puerta era tu papá que te estaba jugando una broma", ¿saben qué? Que NO ERA mi papá.

Mi papá estaba comprando leche en la tienda y volvió media hora después.

Le conté lo ocurrido con la puerta y dijo que debía tratarse de una "corriente de aire".

Pero yo sé que había sido... el FANTASMA DE ABU.

CUANDO GREG ME JUGÓ
UNA BROMA MUY GRACIOSA

De acuerdo, ya sé que en el capítulo anterior no aparece Greg pero quería contar esa historia rápidamente porque lo del fantasma de Abu me había dejado absolutamente HORRORIZADO.

Si les gustan las historias de terror tienen suerte porque esta también da mucho miedo.

Un día Greg y yo estábamos pasando el rato en mi casa, y Greg me dijo que vio en las noticias que andaba suelto un ladrón que entraba en las casas de la gente.

Entonces dijo que tenía que regresar a su casa para cenar. Cuando se fue empecé a asustarme porque mis papás no estaban.

Pero aquí viene el asunto: luego me enteré de que Greg había FINGIDO que se iba. Había cerrado con fuerza la puerta principal pero se quedó dentro de mi casa.

Se quitó los zapatos y subió por las escaleras sin hacer ruido para que yo no lo oyera.

Entonces se puso a dar unos pisotones muy ruidosos en el piso de arriba. Al principio pensé que el fantasma de Abu había regresado.

Luego me di cuenta de que tal vez se tratara de ese LADRÓN del que me habló Greg y casi me hago pipí por segunda vez en esta biografía.

Entonces escuché pasos que bajaban por las escaleras y corrí a la cochera para esconderme del ladrón.

La OSCURIDAD en la cochera era total pero no quería moverme de ahí hasta estar seguro de que aquel tipo se había ido.

De repente la puerta de la cochera empezó a abrirse muy despacio, y supe al instante que el ladrón me iba a atrapar si no hacía algo enseguida. Así que lo golpeé bien fuerte en la cara con la raqueta de tenis de mi papá y salí a toda velocidad.

Corrí hasta la puerta principal y luego a la casa de mi vecina la señora Monroe para pedirle que llamara a la POLICÍA.

En ese momento Greg salió de mi casa y entonces supe que solo se había tratado de una de sus habituales bromas.

El enojo le duró dos semanas. Según me dijo, yo debería haber sabido por la forma de pisar que se trataba de ÉL y no de un ladrón.

Pensándolo bien supongo que tiene razón, porque siempre me está jugando ese tipo de bromas absurdas. Así que me siento algo culpable por haberle pegado con una raqueta de tenis.

(pero tampoco tanto)

OTRA OCASIÓN EN QUE GREG SE PUSO FURIOSO CONMIGO

Bien, esa última historia me hizo recordar otra ocasión en la que Greg se enfadó conmigo.

Hace unos meses Greg y yo caminábamos de regreso de la escuela y había caracoles por todas partes, porque la noche anterior llovió mucho. Y siempre que hay caracoles en el suelo, Greg me persigue con uno porque sabe que lo odio.

Supongo que es muy divertido cuando te lo cuentan pero no lo es tanto cuando te pasa a ti.

Por suerte soy muy muy rápido cuando me persiguen con caracoles así que conseguí ponerme a salvo trepando a la enorme roca del jardín delantero del señor Yee.

Greg trató de hacerme bajar pero yo no me moví.

> SI TE BAJAS TAL VEZ NO TE HAGA COMER ESTE CARACOL.

Greg trató de aventarme el caracol pero perdió el equilibrio y casi se cae en un charco al pie de la roca. Se quedó atrapado en una situación comprometida y me sentí mal porque al fin y al cabo es mi mejor amigo.

Me bajé de la roca y traté de ayudar a
Greg. Me dijo que lo jalara hacia atrás sobre
los pies pero supongo que lo entendí mal.

Lo agarré POR los pies y fue un acto
estúpido.

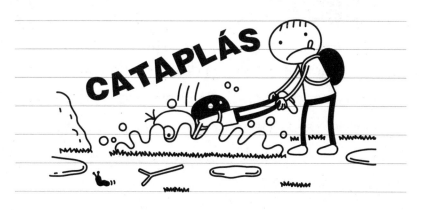

No sabía QUÉ iba a hacer Greg cuando saliera de aquel charco pero no quería quedarme allí para averiguarlo. Así que corrí a casa y me encerré en mi habitación y no salí hasta que llamaron a Greg para que regresara a su casa para cenar.

Al día siguiente Greg me dijo "te devolveré la jugada cuando menos te lo esperes". Espero que Greg se olvide pronto del asunto porque cuando se trata de vengarse es muy pero muy imaginativo.

CUANDO GREG SE INVENTÓ
UN PREMIO ESPECIAL PARA MÍ

Bien, en los últimos dos capítulos hablé
de cuando Greg se enojaba conmigo pero
en este capítulo sucede todo lo CONTRARIO.

En este hablaré de cuando hice algo que Greg
consideró realmente extraordinario, así que
él también hizo algo realmente extraordinario
para MÍ.

Pues un sábado del otoño pasado se suponía
que Greg iba a ir a mi casa a jugar, pero llamó
para decirme que no podía porque tenía que
limpiar su cochera. Entonces me dijo que si
yo iba y le ayudaba acabaríamos el DOBLE
de rápido. Pero le dije "no gracias puedo
esperar".

Entonces Greg dijo que si lo ayudaba me daría la MITAD de sus dulces de Halloween.

Bien, eso era un trato estupendo porque mis papás revisaron todos mis dulces la noche de Halloween y me los quitaron casi TODOS.

Yo sabía que Greg aún tenía un MONTÓN de dulces porque sus padres no lo obligan a tirar NADA. Así que le dije "bueno ahora mismo voy para allá".

Limpiar la cochera de Greg fue un trabajo duro y nos tomó unas tres horas.

En cuanto terminamos Greg dijo "bueno ahora vamos a tu casa a jugar".

Yo dije "eh qué pasa con esos DULCES" y Greg dijo "ah sí, lo olvidé". Pero yo sabía que eso iba a suceder porque Greg siempre se olvida cuando me debe algo.

Subimos a la habitación de Greg y él sacó su bolsa de dulces del armario.

Pero cuando vació la bolsa casi todo eran ENVOLTURAS.

Solo le QUEDABAN tres caramelos duros y una cajita de uvas pasas. Le dije a Greg que me prometió un MONTÓN de dulces y él dijo que solo me había prometido la MITAD. Luego me dio un caramelo duro y la caja de pasas.

Le dije a Greg que iba a ir con su MAMÁ.
Y entonces se preocupó de veras porque
creía que su mamá se enojaría con él si
descubría que ya se había comido todos los
dulces de Halloween.

Greg dijo que me daría algo MUCHO mejor
que los dulces, y tomó una hoja de papel y
un lápiz y empezó a dibujar en su escritorio.

Cuando terminó me entregó el papel y miren lo que había en él:

Greg dijo que los Premios Buen Chico son SUPERescasos y que tienes que hacer algo EXTRAORDINARIO para ganar uno.

Dijo que era MUY afortunado porque era la primera vez que otorgaba a alguien un Premio Buen Chico y eso iba a valer mucho dinero.

Bueno, yo sabía que Greg intentaba salvarse de darme los dulces que me debía así que intenté actuar como si pensara que el Premio Buen Chico era una bobada. Pero en cambio Greg dedujo que me parecía GENIAL.

Bien, aquel fue mi PRIMER Premio Buen Chico pero gané muchos MÁS. Durante las siguientes semanas Greg me regaló uno cada vez que yo le hacía algún favor extraordinario.

Tenía un MONTÓN de Premios Buen Chico.
Y los guardaba en una carpeta cubiertos
con fundas de plástico transparente para
que no se dañaran.

Pero entonces empecé a darme cuenta de
que tal vez mis Premios Buen Chico no eran
tan escasos puesto que tenía MUCHOS.
Además Greg estaba haciendo los nuevos
de un modo más descuidado de lo que había
hecho al principio y ya no me parecían tan
especiales.

PREMIO

GUAU

BUEN CHICO

Así que un día Greg me llamó y me pidió que fuera a su casa para ayudarlo a barrer su jardín y le dije que no podía porque tenía que hacer mi tarea.

Y Greg dijo que qué lástima porque se había inventado una versión totalmente nueva del Premio Buen Chico y sentía mucho que yo no pudiera verlo.

Yo estaba en plan "bien al menos CUÉNTAME cómo es", y Greg dijo que NO PODÍA decirme nada porque era confidencial y no quería echar a perder la sorpresa.

Luego dijo que iba a llamar a Scotty Douglas para ver si ÉL quería ayudarlo a barrer el jardín y yo dije "BUENO voy enseguida".

Desearía haber sabido que teníamos que barrer el jardín delantero Y TAMBIÉN el de atrás. Fue un trabajo excesivo. Y tuve que hacerlo YO SOLO porque Greg estaba ocupado con ese nuevo premio.

Cuando al fin terminé Greg me entregó mi premio y debo reconocer que era aún más genial de lo que yo había PENSADO.

Este nuevo premio se llamaba Premio SÚPER
Buen Chico. Greg dijo que un Premio Súper Buen
Chico valía por CINCUENTA Premios Buen Chico
normales, y a mí me parecía evidente POR QUÉ.

Durante las siguientes semanas gané un
MONTÓN de Premios Súper Buen Chico
pero con el paso del tiempo dejaron de
parecerme tan especiales.

Además dedicaba todo el tiempo a hacer
cosas para Greg y no podía terminar mis
PROPIAS tareas.

Pero cada vez que le decía a Greg que no necesitaba más Premios Buen Chico él inventaba algo NUEVO y yo me sentía obligado a tenerlo.

Después de un tiempo ya tenía tantos premios que mi carpeta estaba A REVENTAR y no cabían los nuevos. Así que le dije a Greg que ya no quería ganar nada más sin importar de QUÉ se tratara.

Entonces Greg dijo que le parecía bien porque había ideado un sistema NUEVO y tal vez yo debía olvidarme de mis antiguos premios.

Me llevé una gran decepción porque había trabajado DURO para recibir esos premios y ahora Greg decía que no tenían VALOR.

Pero el nuevo sistema me despertó la curiosidad así que le pregunté sobre él. Greg dijo que la nueva idea se llamaba "Minichunches" y se trataba de PUNTOS del sistema sin necesidad de papeles.

Greg dijo que cada vez que yo hiciera algo BUENO para él ganaría un punto de Minichunches. Y cuando tuviera cincuenta Minichunches me llevaría un Premio Fantástico.

Yo estaba en plan de "bueno pero ¿cuál es el premio?". Y Greg dijo que no podía decírmelo pero que estaba en su habitación debajo de una sábana.

Bien, no podía saber qué había debajo de la sábana pero podía tratar de ADIVINARLO. Y deseaba tener MUCHAS de mis suposiciones.

Así que me pasé como un mes haciendo mon-
tones de cosas para Greg y cada vez él me
daba un Minichunche, como prometió.

Por fin reuní cincuenta Minichunches. Y le
dije a Greg que ya podía canjearlos por ese
Premio Fantástico.

Pero Greg me dijo que como ya era primer
día de mes mi contador de Minichunches se
había puesto en CEROS. Y yo dije "bueno
no me explicaste esa regla" y él dijo "bueno
tampoco me la PREGUNTASTE".

Yo estaba realmente ENOJADO y jalé de la
sábana para ver en qué consistía el Premio
Fantástico.

Y ¿saben qué? Bajo la sábana había una CANASTA llena de ropa sucia.

Le dije a Greg que había que ser mal amigo para obligarme a hacer todo ese trabajo a cambio de un premio falso. Pero él dijo que lo de la canasta de ropa sucia solo había sido una PRUEBA para ver si yo miraba y que no la había superado.

Entonces dijo que el VERDADERO premio estaba guardado en el sótano y que ahora tenía que conseguir CIEN Minichunches para obtenerlo.

Yo solo digo que no soy TONTO. Pienso tomarme mi TIEMPO para ganar esos Minichunches, así que si Greg se cree que tengo prisa por llevarme ese Premio Fantástico va a llevarse una decepción.

CUANDO DESCUBRÍ QUE GREG ES UN COMPAÑERO DE ESTUDIOS DESASTROSO

Bien, sé que esta es la biografía oficial de Greg y no quiero incluir comentarios negativos sobre él. Pero Greg si estás leyendo esto tengo que decirte que eres un compañero de estudios HORROROSO. Espero que eso no hiera tus sentimientos pero alguien tenía que decirte la verdad.

La mayoría de las veces no necesito estudiar porque siempre estoy atento en clase y hago mi tarea todos los días. Además mamá siempre dice que es importante dormir bien así que entre semana me voy a la cama muy pronto.

Pero en esta ocasión vimos un tema de matemáticas realmente difícil y a lo largo de esa semana tuve problemas para prestar atención en clase. Esto se debía sobre todo a que ahora Greg se sentaba justo detrás de mí.

La víspera del examen sabía que tendría que repasar todo el tema y practicar en casa. Y cuando le conté mi plan a Greg dijo que deberíamos estudiar JUNTOS.

No estaba seguro de que fuera una buena idea porque en lo referente a asuntos de la escuela a veces a Greg le cuesta mucho concentrarse.

Pero Greg dijo que somos mejores amigos y los amigos deberían estudiar juntos así que al final me pareció razonable.

Bien, lo PRIMERO que teníamos que hacer era encontrar un sitio donde estudiar. Greg dijo que no podíamos estar en SU casa porque el grupo de Rodrick ensayaba ese día.

Y Greg ya no podía entrar en MI casa desde que puso plástico transparente sobre la taza de nuestro retrete y le hizo una buena novatada a mi papá.

Greg dijo que podíamos ir a la BIBLIOTECA porque era un sitio tranquilo y nadie nos molestaría. Así que después de merendar la señora Heffley nos llevó en auto hasta la biblioteca y encontramos una mesa donde trabajar.

Sacamos nuestros libros y dije que quizá debíamos hacer unos problemas prácticos para saber qué necesitábamos reforzar. Pero Greg dijo que ni siquiera había LEÍDO el tema así que teníamos que empezar desde el PRINCIPIO.

Eso me hacía perder mucho tiempo y le dije a Greg que podía leer el tema por su CUENTA para ponerse al día. Pero Greg dijo que eso me convertía en un mal compañero de estudios y que se suponía que debíamos hacerlo todo JUNTOS.

Yo dije "bueno de acuerdo empecemos de cero y repasemos todo el tema". Pero Greg dijo que antes de empezar teníamos que planificar las pausas para no estresarnos demasiado.

Luego dijo que debíamos COMENZAR con un descanso para arrancar con buen pie. Y así lo hicimos aunque a mí me parecía una mala idea.

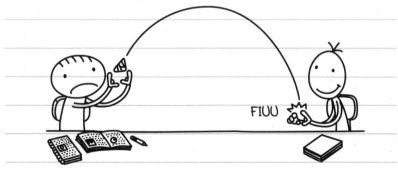

FIUU

Al cabo de diez minutos dije "tenemos que ponernos a trabajar porque es un tema largo y tenemos mucho que repasar".

Bien, no me pregunten por qué pero Greg se tapó la nariz con los dedos y dijo exactamente lo mismo pero con una voz muy irritante.

> HOLA SOY ROWLEY TENEMOS QUE PONERNOS A TRABAJAR PORQUE ES UN TEMA LARGO Y TENEMOS MUCHO QUE REPASAR.

Le pedí a Greg que dejara de imitarme pero solo conseguí que me imitara MÁS todavía.

> ¡DEJA DE IMITARME!

Al final hice lo más sensato y empecé a leer
el tema en voz alta.

> LOS ÁNGULOS DE UN TRIÁNGULO SUMAN 180 GRADOS.

> LOS ÁNGULOS DE UN TRIÁNGULO SUMAN 180 GRADOS.

> UN ÁNGULO RECTO TIENE 90 GRADOS.

> UN ÁNGULO RECTO TIENE 90 GRADOS.

Al cabo de un rato Greg entendió lo que yo
estaba haciendo y dejó de imitarme.

Le dije "será mejor si ambos leemos el tema
en silencio", pero Greg dijo que ese no era
su "estilo de aprendizaje" y que necesitaba
hacer que las cosas fueran DIVERTIDAS
para que se le grabaran.

Yo dije "¿qué quieres decir?". Y Greg dijo
que conocía un método que convertía el
aprendizaje de las matemáticas en un JUEGO.

Empezó haciendo una bola con una hoja de un cuaderno. Dijo que nos turnaríamos para leer unas pocas palabras del tema y luego había que pasarle la pelota al otro y así una y otra vez. Lo probamos y supongo que funcionó por un rato.

Pero cuando a alguno se le CAÍA la bola de papel Greg decía que teníamos que empezar DE NUEVO toda la página.

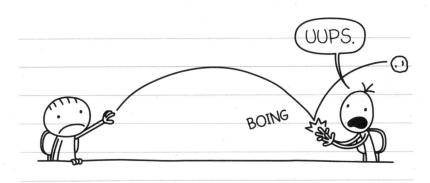

Y creo que Greg estaba tratando A PROPÓSITO de que se cayera la bola.

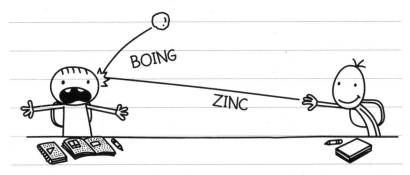

Le dije a Greg que estábamos perdiendo mucho tiempo y que debíamos hacerlo de otro modo. Y Greg dijo que no le importaba CÓMO estudiáramos siempre que fuese DIVERTIDO.

Así que le conté a Greg un TRUCO que me enseñó mi papá. Me dijo que cuando tuviera que memorizar problemas me inventara una CANCIÓN para hacerlo más fácil.

Entonces canté la canción que me inventé para recordar el área de un círculo.

Greg dijo que era lo más estúpido que había oído nunca y yo dije "bien si es tan estúpido entonces ¿por qué yo saco 9.5 en matemáticas y tú solo 7.2?".

Como Greg no sabía cómo responder dijo que era hora de hacer otro receso. Así que jugamos videojuegos en la computadora de la biblioteca hasta que un adulto se quejó con la bibliotecaria de que hacíamos demasiado ruido.

Cuando regresamos a la mesa Greg dijo que no estábamos estudiando de la forma correcta y que sabía cómo podríamos hacerlo MEJOR. Dijo que él leería la PRIMERA mitad del tema y yo la ÚLTIMA mitad y luego podíamos hacer equipo durante el examen.

Dije "bien pero no está permitido HABLAR durante el examen así que no veo cómo podría funcionar eso". Entonces Greg me habló de esos monjes que pueden transmitir sus pensamientos por el aire si se concentran mucho.

Intentamos hacerlo pero no pude concentrarme lo suficiente para que funcionara.

Greg dijo que necesitábamos descubrir otra forma de comunicarnos durante el examen.

Dije que si nos limitábamos a estudiar el tema no NECESITARÍAMOS comunicarnos, pero cuando a Greg se le mete algo en la cabeza no hay poder humano que se lo saque.

Se inventó un sistema de toses y estornudos y otras cosas para poder hablar durante el examen sin que nuestra profesora la señora Beck lo notara. Había que recordar muchas cosas así que tomé nota de todo.

Dije "bien ¿y qué pasa si uno de los dos quiere PREGUNTARLE algo al otro?". Y Greg dijo "pues pones un signo de interrogación al final". Y yo dije "bueno no tenemos el equivalente de un signo de interrogación" y Greg dijo que podría ser un pedo.

Dije que no creía que pudiera tirarme pedos sin NECESIDAD y Greg me dijo que lo intentara igual y lo hice pero no pasó nada.

Así que Greg me dijo entonces que desayunar ciertos alimentos me ayudaría a hacer un signo de interrogación.

Pero esa idea me inquietó porque la última vez que fui a casa de Greg tomamos un trago de refresco y tratamos de recitar el alfabeto con eructos, pero me sentí mal cuando solo iba por la B y tuve que irme a casa antes de tiempo.

Greg dijo "de acuerdo si no puedes tirarte pedos REALES entonces prueba a imitar el sonido de un pedo con el brazo".

Entonces le dije a Greg que esa no me parecía una buena idea y que hacernos señales durante el examen era HACER TRAMPA.

Greg dijo que estaba siendo un completo cobarde y que yo solo quería sacar una buena calificación en matemáticas porque era el favorito de la profesora y estaba enamorado de ella.

Dije que NO estoy enamorado de la señora Beck pero que me gustan su personalidad y el perfume que desprende.

Greg dijo que eso DEMUESTRA que estoy enamorado de ella y entonces cantó una canción sobre dos personas sentadas en un árbol.

Sabía que Greg intentaba provocarme pero por alguna razón la canción no me molestó demasiado.

Supongo que a Greg le molestó que NO me enojara por lo que estaba haciendo así que empezó a cantar otras cosas.

Traté de desconectarme pero él se puso
a cantar cada vez más y más alto.

Entonces me fui al baño y traté de estudiar
ALLÍ pero Greg me siguió.

Pero supongo que alguien más se quejó porque llegó la bibliotecaria y nos dijo que nos largáramos de allí.

Luego dijo que si seguíamos haciendo ruido llamaría a nuestros padres para que vinieran a buscarnos. Bueno, ESO me parecía muy bien pero no creo que a Greg le apeteciera irse a casa así que prometió que guardaríamos silencio.

La verdad es que ya no quería sentarme en la misma mesa que Greg así que me cambié a uno de esos pupitres con separaciones. Pero Greg se sentó justo en el de enfrente.

Estaba ya trabajando a gusto cuando Greg pasó una nota por debajo de la separación.

Era una pregunta de matemáticas así que la respondí y le devolví la nota.

eh Rowley
¿cuánto
suman los
ángulos de un
cuadrilátero?

360
grados
-R

-Greg

Y entonces Greg me preguntó OTRA cosa. Pero no me importó mucho porque esto era un MILLÓN de veces mejor que la anterior manera de hacer las cosas.

Pero Greg deslizó otra vez la nota con una pregunta que no tenía NADA que ver con las matemáticas.

Elige. Estoy avergonzado por hacerme pipí en la cama anoche.

☐ SÍ
☐ NO

Bueno, marqué la casilla del NO porque NO me había hecho pipí en la cama. Le deslicé la nota a Greg pero entonces él escribió algo más y me la devolvió.

☐ SÍ
☒ NO

Ja ja ja no estás avergonzado de hacerte pipí en la cama.

Eso me molestó un poco porque no me REFERÍA a eso. Pero no quería perder tiempo dando explicaciones porque necesitaba seguir estudiando.

Entonces Greg escribió otra nota y la deslizó de nuevo por debajo de la separación entre pupitres.

¿Verdadero o falso?

☐ VERDADERO ☐ FALSO

No quería que Greg me hiciera caer en la misma trampa y escogí VERDADERO. Pero no me gustó la pregunta que Greg añadió después.

☒ VERDADERO ☐ FALSO

¿Estás enamorado de la señora Beck?

De acuerdo me cambio a Falso.

Entonces Greg me mandó a buscar agua a la máquina expendedora. Yo no sabía que el juego de verdadero o falso FUNCIONABA así pero me alegraba de que Greg no me obligara a responder esa pregunta.

Después de llevarle a Greg su agua mineral estudié un poco más pero entonces empezó otra vez con las notas.

Eh Rowley
ESTE ERES TÚ

Bien, ESO no me gustó nada así que le contes-
té con otro dibujo HECHO por mí.

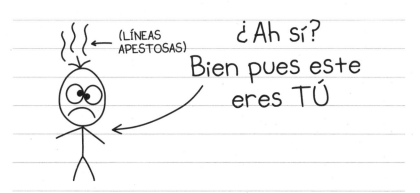

(LÍNEAS APESTOSAS)

¿Ah sí?
Bien pues este
eres TÚ

Y entonces Greg dibujó otro retrato de MÍ
y yo dibujé otro de ÉL.

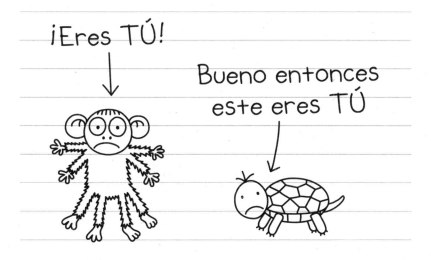

¡Eres TÚ!

Bueno entonces
este eres TÚ

Al cabo de poco habíamos llenado dos PÁGINAS
completas con nuestros dibujos.

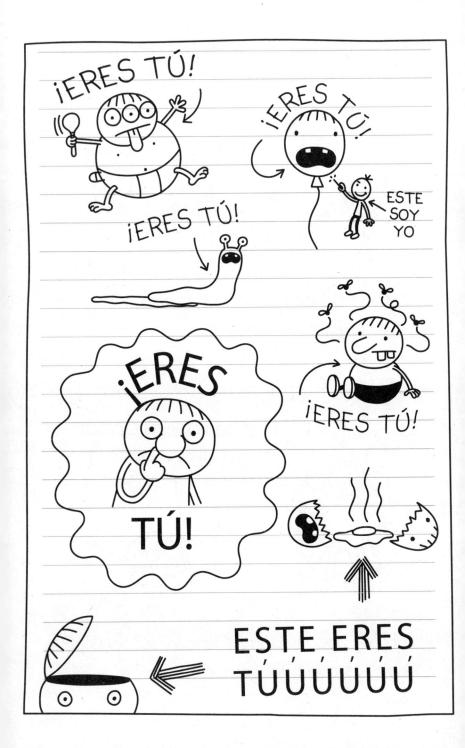

Greg comenzó una NUEVA página de dibujos pero yo me limité a ignorarlo. Y supongo que eso no le gustó porque siguió tratando de llamar mi atención.

Decidí cambiarme a un sitio que no estuviera tan cerca de Greg. Estaba contento de disfrutar de paz y silencio por fin pero AQUELLO no duró mucho.

Si se preguntan qué fue ese "bang", bueno, lo que pasó fue lo siguiente: cuando me levanté para cambiarme a otro pupitre un adulto ocupó mi lugar. Y supongo que Greg pensó que todavía era YO y le amarró juntas las agujetas de sus zapatos.

Después el tipo se levantó y se cayó de espaldas.

Después de eso Greg salió corriendo de allí.
Me pareció mejor salir yo TAMBIÉN porque
no quería que ese tipo pensara que yo le
había amarrado las agujetas de los zapatos.

Seguí a Greg hasta la sección infantil donde
había una mesa libre. Él puso sus cosas en un
extremo y yo me senté en el otro extremo
para no estar demasiado cerca de él.

Greg dijo que debíamos hacer otro receso
pero yo dije que seguiría estudiando. Entonces
Greg hizo una bola con un trozo de papel y
trató de encestarla en el bote de basura de la
otra punta de la sala.

Falló el tiro pero siguió arrojando bolas de papel y me resultaba difícil concentrarme.

Entonces Greg encestó y dijo que apostaba a que yo no podía hacerlo. Pero cuando le dije que necesitaba estudiar dijo que yo tenía demasiado miedo para intentarlo y comenzó a imitar a una GALLINA.

Quise ignorarlo pero no era tan fácil. SOBRE TODO cuando se subió a la mesa.

Y entonces Greg se sentó de pronto sobre la mesa y empezó a gruñir. Al principio creí que necesitaba ir al baño con urgencia. Pero cuando se levantó había puesto un HUEVO.

Bueno, como no quería que Greg pusiera otro huevo hice una bola de papel y la arrojé al bote. Y no volteé para ver si la bola entraba pero supongo que la bola ENTRÓ.

Greg dijo que había sido pura SUERTE y que era IMPOSIBLE que lo hiciera de nuevo incluso si lo intentaba mil veces. Pero yo decidí que NO iba a intentarlo otra vez.

Greg dijo que NO PODÍA retirarme pero yo dije "pues claro que PUEDO". Además, él tenía la culpa por haberme dado la idea.

Una vez celebré mi cumpleaños en el boliche y Greg consiguió hacer una chuza con su primera bola. Entonces se retiró de la partida y le arruinó el juego a todo el mundo.

ESTOY RETIRADO.

Cuando no pudo conseguir que yo arrojara de nuevo la bola de papel ÉL también lo intentó de espaldas. Pero falló como un millón de bolas de papel. No llegó ni siquiera a ACERCARSE. Yo estaba contento de que me dejara en paz porque así podía avanzar de una vez con la tarea.

Terminé el ejercicio práctico y luego me dis-
puse a repasar los apuntes. Pero entonces
descubrí que Greg estaba usando el papel de
MI CUADERNO.

Bueno, me enojé muchísimo porque la señora
Beck había dicho que se nos permitía consultar
los apuntes durante el EXAMEN.

Así que me arrodillé y empecé a recoger todas las bolas de papel. Cuando regresara a casa podría alisar las páginas y después pegarlas de nuevo en mi cuaderno.

Pero Greg seguía tratando de ENCESTAR de espaldas y finalmente acertó una después de que rebotara en mi CABEZA.

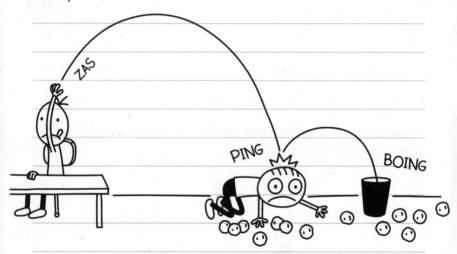

Bueno, eso me terminó de enojar y empecé a perseguir a Greg con el huevo que había puesto.

Pero supongo que estábamos haciendo demasiado ruido y eso nos supuso un nuevo problema con la bibliotecaria.

¡¡¡AHHH!!!

Me hizo llamar a mis papás para que vinieran a recogernos y ME pareció muy bien.

Estuve dos horas desarrugando mis notas y pegándolas con cinta adhesiva a mi cuaderno además de OTRA media hora investigando algunas cosas en la computadora de mi papá.

BÚSQUEDA: ¿puede la gente poner huevos?

CUANDO COMETÍ
EL MAYOR ERROR DE MI VIDA

De acuerdo, esto es la segunda parte del capítulo anterior pero me enojé tanto escribiéndolo que tuve que hacer un receso. Pero tengo que respirar hondo varias veces porque escribir este capítulo resultará MÁS DIFÍCIL todavía.

Al día siguiente en el examen de matemáticas traté de consultar mis apuntes pero estaban desordenados por completo.

Además me resultaba difícil concentrarme porque Greg no paraba de hacerme preguntas.

Algunos OTROS chicos también estaban estresados por el examen: Timothy Lautner se mareó y la señora Beck tuvo que llevárselo a la enfermería.

Bien, en cuanto la señora Beck abandonó el salón Greg movió su asiento muy cerca del mío y miró por encima de mi hombro.

CHIR
CHIR

Le susurré que se fuera y que dejara de COPIAR. Pero Greg dijo que eso no era copiar porque éramos compañeros de estudios y ambos teníamos la misma información en nuestros cerebros.

Supongo que no le faltaba razón pero la idea me INCOMODABA.

Entonces Greg dijo que él ya había TERMINADO el examen y que solo quería asegurarse de que mis respuestas eran correctas. Y me inquieté un poco porque no estaba demasiado seguro de que todas fueran correctas.

Así que dejé que Greg revisara mi examen, y créanme que si pudiera repetir la jugada no se lo habría PERMITIDO.

> SÍP. TAMBIÉN CONTESTÉ "180" A LA PREGUNTA OCHO.

> MMM MMM. SÍ, ESTE EXAMEN PARECE MUY BUENO.

Al cabo de un minuto comencé a pensar que tal vez Greg no estaba revisando mi examen para comprobar mis respuestas sino que me estaba COPIANDO.

Y ya era demasiado tarde para DETENERLO
así que fingí que eso no estaba pasando.

Greg colocó la silla en su sitio justo antes
de que la señora Beck regresara. Y cuando
sonó el timbre y terminó la clase ella se puso
enseguida a recoger nuestros exámenes.

Al día siguiente la señora Beck nos devolvió los exámenes y yo había sacado 89 puntos sobre 100. Estaba decepcionado porque suelo hacerlo mucho mejor. Y Greg sacó también 89 puntos, lo que para ÉL era una nota estupenda.

YUPIII ¡JO JO!

Pero si creen que este capítulo tiene un final feliz, ¿saben qué? NO LO TIENE.

Al acabar la clase todo el mundo se levantó para irse pero la señora Beck nos dijo a Greg y a mí que nos quedáramos sentados.

En cuanto se fueron todos la señora Beck nos dijo que quería hablar con nosotros. Dijo que habíamos obtenido la misma puntuación y acertado las mismas respuestas.

Pero Greg dijo que eso tenía SENTIDO puesto que habíamos estudiado juntos y teníamos los mismos conocimientos.

Yo me alegré de que Greg fuera mi amigo porque se le da especialmente bien dar explicaciones a los adultos.

Pensé que la señora Beck nos dejaría ir pero NO LO HIZO. Dijo que le resultaba un poco sospechoso que nuestros exámenes fueran IDÉNTICOS y los puso juntos para mostrarnos lo que quería decir.

Bien, entonces comprobé que Greg había copiado TODO mi examen, incluido mi NOMBRE.

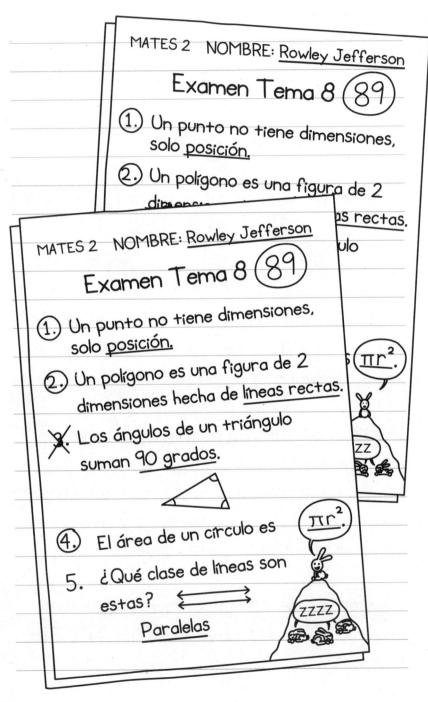

MATES 2   NOMBRE: Rowley Jefferson

Examen Tema 8 (89)

1. Un punto no tiene dimensiones, solo <u>posición.</u>

2. Un polígono es una figura de 2 dimensiones hecha de <u>líneas rectas.</u>

~~3.~~ Los ángulos de un triángulo suman <u>90 grados.</u>

4. El área de un círculo es πr^2.

5. ¿Qué clase de líneas son estas? ⟷
   <u>Paralelas</u>

114

Según la señora Beck estaba claro que
Greg me había copiado así que lo castigaría
durante tres días y ADEMÁS tenía que
repetir el examen.

Pensé que la señora Beck también me castigaría
pero NO LO HIZO. Pero lo que dijo fue el PEOR
castigo.

ROWLEY
ME HAS
DECEPCIONADO.

La señora Beck dijo que quería que aquello
nos sirviera de lección y le prometimos
que no se repetiría. La señora Beck dijo que
eso estaba bien porque cuando los demás
saben que eres un TRAMPOSO tu fama te
persigue dondequiera que estés.

Entonces la señora Beck dijo que ya podíamos irnos. Greg se fue pero yo le di un abrazo a la señora Beck para mostrarle que lo sentía. Tal vez la abracé durante demasiado tiempo.

Me pasé todo el camino de regreso a casa pensando en lo que la señora Beck había dicho sobre los TRAMPOSOS.

Bueno, yo aprendí MI lección pero no estoy tan seguro de que Greg lo haya hecho.

Al día siguiente la señora Beck hizo sentarse a Greg en el fondo del salón y repetir el examen. Pero Greg no cesaba de preguntarme cosas y yo tuve que fingir que no lo oía. Fue muy incómodo.

Y si se están preguntando: "Rowley ¿por qué sigues siendo amigo de Greg?" mi respuesta es que Greg es un buen AMIGO, pero que es un pésimo compañero de estudios.

Además es la única persona que conozco capaz de poner huevos.

CUANDO GREG
DIO LA CARA POR MÍ

De acuerdo, Greg, si sigues leyendo esto lo siento por haber dado una mala imagen de ti en los últimos dos capítulos. Pero no te preocupes porque en este saldrás muy bien parado.

El caso es que el año pasado la señora Modi nos daba clase de ciencias, pero cuando tuvo un bebé la sustituyeron por el señor Hardy.

Creo que el señor Hardy dio clases en la escuela hace mucho tiempo y lo hicieron regresar ahora que necesitaban un sustituto de largo plazo.

Señor Hardy

Yo creía que el señor Hardy haría las cosas igual que la señora Modi pero me EQUIVOCABA. El señor Hardy se limitaba a escribir nuestras tareas en el pizarrón y luego se sentaba a leer en su mesa durante el resto de la clase.

Tarea:
Hacer los problemas 1-11
de la página 92.

Tres días después, los chicos empezaron a hacer tonterías durante la clase. Y al señor Hardy lo tenía sin CUIDADO.

Una vez un par de chicos intentaron aplastar un bicho dejando caer sus libros sobre él. Por suerte el insecto pudo escapar pero el señor Hardy ni así LEVANTÓ la vista.

PLAM   CATAPLÁM

Bien, puede que al señor Hardy no le molestara pero yo no podía concentrarme en mis tareas con el relajo que había todos los días.

Greg me dijo que hacer la tarea era una pér-
dida de tiempo porque el señor Hardy ni siquiera LAS LEERÍA. Greg me dijo que disfrutara
de la vida con todos los DEMÁS hasta que la
señora Modi se reincorporara y las cosas re-
gresaran a la normalidad.

Bien, ¿adivinan qué pasó? La señora Modi NO
volvió. Decidió que quería ser mamá de tiempo
completo y eso significaba que el señor Hardy
sería nuestro maestro por el resto del AÑO.

Ahora que el señor Hardy era oficialmente
nuestro maestro de ciencias yo pensaba que
las cosas mejorarían. Pero EMPEORARON.

Entonces el último día de clases el señor Hardy anunció que nos daría nuestras CALIFICACIONES. Bien, eso asustó a casi todos los chicos de mi clase porque sabían que se merecían reprobar.

El señor Hardy fue por los pupitres susurrándole a cada chico su calificación en el oído. Pero el señor Hardy no tiene una voz muy baja así que todos podíamos oír lo que decía.

El primer chico que supo su calificación fue Dennis Diterlizzi que obtuvo un aprobado. Pero el señor Hardy habla muy despacio así que sonó más bien como esto:

APROBAAAAAADO

El siguiente chico también obtuvo un aprobado, y también todos los demás. Incluso Greg aprobó pese a no haber entregado ni una sola tarea. Y estaba muy contento porque no quería ir a la escuela en verano.

Llegó MI turno y yo estaba cruzando los dedos esperando obtener una BUENA calificación. Pero mi calificación fue la misma que la de todos los DEMÁS.

Así que Greg tenía razón y el señor Hardy ni se molestó en checar mis tareas.

El señor Hardy se dirigió al siguiente chico... pero de pronto Greg se puso de pie y se encaró con el señor Hardy. Greg le dijo que yo era el único que había hecho las tareas y que él era un pésimo profesor y que alguien debería informarle sobre él al DIRECTOR.

Estaba muy impresionado porque Greg nunca había dado la cara por mí de ese modo. Por un momento pensé que el señor Hardy mandaría a GREG a la oficina del director.

Pero ni un minuto después el señor Hardy susurró una NUEVA calificación en mi oído.

Camino a casa le dije a Greg que era un buen amigo por haber hecho eso por mí. Y dije que ya estábamos a mano por la vez que lo salvé del cumpleaños de Tevin Larkin.

Pero Greg dijo que lo que él había hecho por mí era MUCHO mejor que haberlo rescatado de la fiesta de Tevin. Dijo que con ese sobresaliente tal vez me salvó de tener un empleo corriente cuando sea mayor.

Así que dije: "bueno ¿qué más debo hacer hasta que estemos EMPATADOS?". Y dibujó una gráfica para enseñármelo.

Lo Que Me Debes

Lo que hiciste hasta ahora

Creo que me queda un largo camino por recorrer. Pero no pasa nada porque Greg y yo seremos amigos mucho tiempo y tendré un montón de oportunidades para compensarlo.

CUANDO ME DI CUENTA DE QUE GREG TAL VEZ NO SIEMPRE DIGA LA VERDAD

Después de la tarde en que estudiamos juntos le pregunté a Greg cómo demonios puso aquel huevo y él me dijo que puede poner cualquier clase de huevo que QUIERA.

Y yo dije: "de acuerdo entonces pon un huevo de AVESTRUZ", y él dijo que para eso necesitaba comer un montón de papas fritas y entonces devoró algunas de las mías.

Pero unos días después cuando fui a casa de Greg para recogerlo camino de la escuela su mamá le dio un huevo cocido para el refrigerio. Y entonces recordé que Greg SIEMPRE lleva un huevo duro para el refrigerio así que tal vez también tuviera uno en el bolsillo de su abrigo aquella tarde en que estudiamos juntos.

Bien, eso me lleva a preguntarme si OTRAS cosas que sé de Greg serán ciertas o no. Somos amigos desde hace mucho tiempo y me ha contado un MONTÓN de cosas que parecían algo dudosas y ya empiezo a sospechar que no todo lo que me cuenta tiene por qué ser verdad.

He aquí algunas cosas que cada vez tengo menos claras.

1. Greg dice que está saliendo con una supermodelo pero tienen que guardarlo en secreto dado que la carrera de ella se resentiría si la gente se enterara de que sale con un alumno de primaria.

Dice que cuando ella sale en la tele le guiña un ojo para enviarle mensajes secretos.

2. Greg dice que una vez arrojó un frisbee y el viento se lo llevó tan lejos que dio la vuelta al mundo y luego le golpeó la cabeza por detrás y que por eso ya no practica ningún deporte.

3. Greg dice que el botón de la "estrella" en los teléfonos es en verdad un COPO DE NIEVE y que es una línea directa al Polo Norte. Por eso cuando hago algo que no le gusta me amenaza con contárselo a Santa Claus.

4. Greg dice que cuando era bebé su mamá lo llevó a una agencia de modelos y le tomaron fotografías para unos anuncios de crema para nalgas irritadas de bebé.

Greg dijo que nunca transmitieron esos anuncios en Estados Unidos pero que si él fuera a China las multitudes lo ACLAMARÍAN.

5. Greg dice que él inventó el grito de "OÉ OÉ OÉ OOOEEE" de los partidos de futbol y que cada vez que la gente lo dice le transfieren cien dólares a su cuenta bancaria.

6. Greg dice que tiene 500 años y que como no envejece tiene que cambiar de residencia cada pocos años para que nadie se dé cuenta. Dice que conoció a Abraham Lincoln en la escuela y que era un pasado de lanza.

7. Greg dice que existe un formulario que puedes llenar en el ayuntamiento para adoptar legalmente a quien tú quieras y que él me adoptó así que tengo que hacer todo lo que él me diga.

8. Greg dice que puede transmutarse en cualquier forma de agua que él quiera, pero cuando le pedí que se transformara en un vaso de agua dijo que la ÚLTIMA vez que lo hizo Rodrick se lo bebió y le tomó dos días recuperar su forma humana.

9. Greg dice que solo usa el cinco por ciento de su cerebro, y que si QUISIERA podría hacer levitar un edificio con su mente. Le dije que tal vez yo también pueda hacerlo pero él dijo que tal vez no porque yo ya utilizo el ciento por ciento de mi cerebro.

10. Hablando de CEREBROS, Greg dice que
tiene percepción extrasensorial y que siempre
sabe lo que voy a hacer antes de que lo haga.

Esto podría ser cierto porque lo he visto
hacerlo un montón de veces.

De todas maneras supongo que al menos
la MITAD de todo esto son inventos pero lo
incluiré aquí por si acaso NO LO SON.

Y para que conste Greg lleva tres semanas
comiéndose casi TODAS mis papas fritas y
aún no ha puesto un huevo de avestruz.

CUANDO GREG Y YO NOS INVENTAMOS UN SUPERHÉROE

Este será el mejor capítulo del libro porque es el único en el que salen superhéroes.
Y espero no haber hecho spoilers pero incluso si los hubiera hecho, créanme cuando les digo que será un capítulo muy bueno.

Un día estaba lloviendo y Greg y yo no podíamos salir a la calle. Y a Greg no lo dejaban entretenerse con los videojuegos porque se había salido de sus cabales jugando Twisted Wizard.

La señora Heffley dice que pasamos mucho tiempo delante de los monitores y que nos vendría bien un descanso.

Entonces nos dio unos plumones y un cuaderno de dibujo y nos dijo que usáramos nuestra imaginación para crear nuestros propios cómics tal como SOLÍAMOS hacer.

Bueno, la ÚLTIMA vez que Greg y yo hicimos juntos algunos cómics no salió nada bien para mí. Y por si no conocen la historia completa les contaré una versión reducida.

En primero de secundaria Greg y yo trabajamos juntos en un cómic llamado "Gajes del oficio".

Pero entonces Greg se cansó y dijo que lo hiciera YO SOLO.

Y después mi cómic se publicó en el periódico de la escuela y Greg se enojó conmigo aunque fue él quien me DIJO que lo hiciera solo.

Entonces nos peleamos frente al colegio y varios adolescentes salieron de NO SE SABE DÓNDE y nos capturaron a los dos.

Entonces me obligaron a comerme un trozo de _____que había en el pavimento.

Todavía soy incapaz de comer pizza o palitos de mozzarella o cualquier cosa que contenga _____ pero Greg dice que debo "superarlo" porque eso pasó hace mucho tiempo.

Cuando abrí el cuaderno de dibujo que la señora Heffley nos había dado, vi en su interior muchos "Gajes del oficio" que no le habíamos entregado al periódico del colegio.

Greg dijo que debería incluirlos aquí porque seguro que valdrán mucho dinero cuando él se haga famoso.

Le dije a Greg que deberíamos hacer MÁS "Gajes del oficio" pero él dijo que esa tira cómica se quedó obsoleta y que debíamos inventarnos algo NUEVO.

Y entonces Greg tuvo una idea GENIAL. Dijo que debíamos crear nuestro propio SUPERHÉROE. La idea nos gustó mucho porque parecía DIVERTIDA. Aunque luego Greg dijo que lo que le importaba no era divertirse, sino ganar DINERO.

Greg dijo que si te inventas un superhéroe entonces puedes vender los derechos de la película y sentarte a esperar a que el dinero te caiga del cielo.

Entonces empezamos a hablar sin parar
de lo que haríamos con todo el dinero que
íbamos a ganar con nuestro superhéroe.
Dije que iría a la sección de juguetes de los
supermercados y llenaría un carrito con
todos los juguetes que pudiera.

Pero Greg dijo que no estaba pensando en
GRANDE. Dijo que él compraría la TIENDA
entera y se pondría cada día un par diferente
de tenis y que viviría en la sección de botanas.

Entonces dije que me compraría un auto deportivo de lujo y llevaría a la señora Beck a la escuela todas las mañanas.

Greg dijo que nos íbamos a hacer tan ricos que podríamos comprar la ESCUELA y arrojar bolas de pintura a todos los profesores y hacer batallas épicas de gotcha.

Yo dije que quizá no deberíamos dispararle a TODOS los profesores porque la señora Beck es agradable y enseña muy bien matemáticas.

Greg dijo que seríamos tan ricos que ya no NECESITARÍAMOS aprender matemáticas pero que podríamos conservar a la señora Beck para que nos llevara las cuentas. Y eso me hizo sentir algo mejor.

Greg dijo que MÁS adelante me SOBRARÍA el tiempo para pensar en lo que íbamos a hacer con todo nuestro dinero pero que ahora teníamos que ponernos en serio con la idea del superhéroe.

Greg dijo que lo PRIMERO que teníamos que hacer era saber qué PODERES tendría nuestro superhéroe.

Dije que podría volar o tener superfuerza pero Greg dijo que esas ideas eran bastante estúpidas porque ya se usaron un millón de veces.

Entonces dije que nuestro superhéroe podría tener visión de rayos X pero Greg dijo que no era un buen superpoder porque una vez vio a su abuelo desnudo por accidente y desearía NO HABERLO hecho.

Greg dijo que necesitábamos crear algo ORIGINAL. Así que empezamos a aportar ideas en las que nadie había PENSADO. Y las ideas que se nos ocurrieron estaban BIEN pero no eran gran cosa.

EL, LÁTIGO DE LOS PAÑALES

EL MASTICADOR

EL APLASTADOR

La idea que más me agradaba era la de un tal Lanzador que podía arrojar su propia CABEZA como si fuera un balón de futbol.

Pero Greg dijo que el Lanzador no servía como figura de acción porque la cabeza desmontable sería un riesgo de asfixia para los niñitos.

Entonces intentamos inventar personajes INOFENSIVOS por si un niño pequeño se los tragaba por accidente pero nuestras ideas ya no eran tan brillantes.

EL CHICO DE QUESO

LA CHICA DE POLLO

Greg dijo que las mamás son quienes suelen comprarles los juguetes a sus hijos así que debíamos inventar algo que les gustara A ELLAS. Pero esa idea tampoco nos convenció.

EL
SEÑOR SALUDABLE

Greg dijo que tal vez no se nos ocurría nada decente porque no formábamos un buen EQUIPO. Dijo que deberíamos trabajar cada uno por su CUENTA y ver a quién se le ocurría la mejor idea.

Ambos trabajamos por separado y después nos mostramos el resultado.

El superhéroe de Greg era un tipo del espacio que tenía un poder diferente en cada dedo de la mano, lo cual me parecía una idea magnífica.

EL HOMBRE INTERGALÁCTICO

CUAC

Le dije a Greg que su idea me parecía
fantástica y que deberíamos seguir adelante
con ELLA.

Entonces Greg dijo: "¿y cuál es TU idea?".
Pero yo no quería decírsela porque sabía
que se iba a reír. Me prometió que NO se
reiría así que le enseñé mi personaje.

Greg me preguntó qué poderes tenía el Chico Simpático y respondí que tenía AMABILIDAD. Y entonces Greg rompió su promesa de no reírse.

Greg dijo que un superhéroe tenía que ser RUDO y debían salirle cuchillos de los nudillos y tenía que llevar una chamarra de cuero negro y decir groserías mientras se pelea con los malos.

Pero yo dije que quería que el Chico Simpático fuera un modelo de conducta para los niños, y Greg rompió su promesa de nuevo.

POM
POM

Le dije sin rodeos que si no le gustaba mi personaje pues ok pero no le daría dinero cuando vendiera los derechos de la PELÍCULA. Y de pronto a Greg le interesó mucho el Chico Simpático y dijo que si me hago rico le deberé la mitad del dinero porque usé sus plumones y su papel.

Le dije que eso no era cierto y Greg dijo que iba a llamar a su abogado para consultarlo. Entonces Greg marcó un número en el teléfono y pude escuchar su mitad de la conversación.

Entonces Greg colgó. Le dije que VOLVIERA a llamar a su abogado porque quería hacerle unas cuantas preguntas.

Pero Greg dijo que yo no podía COSTEARME a su abogado y que tenía que contratar a uno.

Greg dijo que como íbamos a ir a medias éramos socios en igualdad de condiciones y debíamos trabajar JUNTOS. Dije: "bueno pero todavía no quiero que el Chico Simpático diga groserías" y Greg dijo: "bueno ya hablaremos de eso más adelante".

Greg dijo que PRIMERO teníamos que proporcionarle al Chico Simpático una "historia de origen" para explicar cómo había obtenido sus poderes. Y me contó cómo OTROS superhéroes obtuvieron los suyos.

Dije que el Chico Simpático había tenido unos buenos padres que lo criaron como una persona agradable y que decidió luchar por la gente que necesitaba su ayuda.

Pero Greg dijo que esa historia de origen era HORROROSA. Dijo que tenía que suceder algo EMOCIONANTE, como que lo alcanzara un meteorito o lo mordiera algún insecto radiactivo o algo por el estilo.

Dije: "de acuerdo, entonces al Chico Simpático lo alcanza un arcoíris doble y ASÍ ES como obtiene sus poderes".

Greg dijo que eso no tenía SENTIDO pero tampoco quería ponerse a discutir sobre los arcoíris así que más tarde ya retomaríamos la historia de los orígenes.

Greg dijo que todo buen superhéroe tiene una identidad secreta así que teníamos que inventar una para el Chico Simpático.

Yo dije que podría ser un enfermero en una clínica de urgencias y cuando sale del trabajo a las 6:00 de la tarde se transforma y ayuda a la gente hasta la hora de irse a dormir.

Y nadie conocería su identidad secreta, ni siquiera la enfermera Beck que trabaja con él en la clínica de urgencias.

Greg dijo que saqué ese nombre de nuestra profesora de matemáticas pero dije que no. Solo se trata de una casualidad.

Greg dijo que llevábamos un buen rato diciendo solo tonterías y que debíamos diseñar un TRAJE para el Chico Simpático.

Dije que me parecía BIEN el traje con el que yo lo había dibujado pero Greg dijo que era una estupidez porque todo el mundo podría reconocerlo si lo veía por ahí en su vida normal.

Greg dijo que el Chico SIMPÁTICO necesitaba una máscara, así que hizo un dibujo que me pareció genial. Y también añadió una capa.

Entonces Greg dijo que si el Chico Simpático no tiene poderes reales entonces podría tenerlos su TRAJE. Pero yo dije el Chico Simpático tiene el poder de la AMABILIDAD y sus guantes están acolchonados para no lastimar demasiado a los malos.

Dije que yo haría los dibujos y Greg dijo que él se encargaría de los TEXTOS. Así que dibujé una escena en la que el Chico Simpático abandona el trabajo para luchar contra los malos y dejé espacio para que Greg lo rellenara con los textos.

Le dije a Greg que había destrozado mi cómic por completo y que a partir de ahora yo me encargaría de los dibujos Y de los textos. Entonces Greg dijo que llamaría a su abogado de nuevo y yo dije: "bueno pues HAZLO". Yo no pensaba ceder ni aunque llamara a SANTA CLAUS.

Greg dijo que de todos modos ya no quería escribir para mi estúpido cómic porque mi superhéroe era lamentable y dijo que solo iba a escribir cómics del Hombre Intergaláctico y yo dije me parece bien porque mi personaje es mucho MEJOR.

Entonces Greg dijo que si el Hombre Intergaláctico se peleara con el Chico Simpático lo derribaría en cinco segundos. Y yo dije: "¿ah, sí? ESO tendremos que verlo". Así que dibujamos una batalla y él dibujó a SU superhéroe y yo al MÍO.

Supongo que me pasé un poco con el último dibujo porque después de hacerlo Greg me dijo que ya iba siendo hora de regresar a casa.

La próxima vez no haré que el Chico Simpático emplee TODOS sus poderes contra sus enemigos: no querría que sus padres o la enfermera Beck se enojaran con él.

172

CUANDO GREG Y YO PASAMOS JUNTOS DOS NOCHES SEGUIDAS

Bueno, ya lo habrán deducido por el título de este capítulo, pero en esta ocasión Greg y yo pasamos juntos TODO UN FIN DE SEMANA. Deben pensar que fue un relajo total y querrán enterarse de las locuras que hicimos, pero ¿saben qué? No fue PARA NADA divertido.

Me tuve que quedar a dormir en casa de Greg porque mi abuelita se había enfermado y mis papás y yo íbamos a hacerle una visita pero entonces la señora Heffley dijo:

¿POR QUÉ NO VAN LOS DOS Y NOSOTROS CUIDAMOS A ROWLEY DURANTE EL FIN DE SEMANA?

Cuando mi mamá dio el visto bueno, Greg y yo nos ENTUSIASMAMOS porque nunca habíamos pasado dos noches juntos. Pero debería haber esperado un poco para celebrar por todo el asunto de mi abuelita.

El viernes mi mamá empacó una maleta para el fin de semana y puso un juego extra de ropa interior "por si acaso".

Añadió un retrato de ella y de papá para que lo mirara si los extrañaba mucho en su ausencia.

Quedarme a dormir en casa de Greg no fue muy divertido pero empezó bien. Nos entretuvimos con los videojuegos en el sótano y comimos dulces. Le gastamos bromas telefónicas a Scotty Douglas y él sopló el silbato que tenía junto al teléfono para cuando le hacemos eso.

DISCULPE SEÑOR SU REFRIGERADOR MARCHA MUY BIEN Y DEBERÍA USTED TRATAR DE ALCANZARLO.

PIIIIIIIIIIII

La señora Douglas llamó a la señora Heffley
para contarle que nos estábamos burlando de
Scotty. La señora Heffley nos dijo que eso
era "acoso" y me sentí avergonzado.

A eso de las 9:00 la señora Heffley bajó a decirnos
que ya era hora de ir a la cama y volvió a subir.

Yo estaba muy cansado pero Greg dijo que
se le había ocurrido una idea. Hay un chico en
nuestra calle, Joseph O'Rourke que tiene un
trampolín pero no deja que nadie lo use. Greg
dijo que podíamos ir a escondidas y saltar en
el trampolín mientras Joe dormía.

Bueno, a mí no me hacía tanta ilusión la idea
de escabullirnos pero Greg dijo que si iba
a portarme como un bebé me largara a la
habitación de Manny y durmiera ALLÍ.

Le dije que no era un bebé y Greg dijo "sí lo eres" y yo dije "no lo soy". Entonces él dijo "sí lo eres POR INFINITO" pero yo estaba preparado para responderle y dije "no lo soy por infinito AL CUADRADO". Y pensé que Greg se daría por vencido, pero me ganó cuando dijo "sí que lo eres por infinito al cuadrado más UNO".

Así que nos escapamos sigilosamente por la puerta trasera y yo seguí a Greg hasta la casa de Joe. Hacía un frío de perros y lo único que llevaba puesto era mi piyama, pero no quería quejarme porque entonces Greg me llamaría bebé de nuevo.

Por supuesto, todas las luces de la casa
de los O'Rourke estaban apagadas así que
era nuestra gran oportunidad para usar el
trampolín de Joe. Greg dijo que no podíamos
hacer ruido y entonces se subió y brincó
y brincó en silencio total.

Luego llegó MI turno. Era mi primera vez
sobre un trampolín y resultó TAN divertido
que me olvidé enseguida de permanecer
callado.

Se encendieron luces dentro de la casa de los O'Rourke y su perro empezó a ladrar y Greg se fue sin esperarme. Yo quise correr TAMBIÉN pero no es tan fácil detener los brincos cuando estás en un trampolín.

Cuando por fin me detuve corrí a casa de los Heffley y fui directo a la puerta del sótano.

Pero supongo que Greg quería darme una lección por haber hecho ruido en el jardín de los O'Rourke porque no me dejó entrar.

Traté de decirle a Greg que me estaba helando pero no creo que comprendiera realmente lo que yo trataba de decirle.

Pensé que me dejaría allí fuera toda la NOCHE así que rodeé la casa para comprobar si la puerta principal estaba cerrada con llave.

Pero sí lo ESTABA y empecé a agobiarme
un poco.

Lo bueno es que alguien acudió sin demora a
abrir la puerta. Lo malo es que se trataba
del señor Heffley.

El señor Heffley nos dijo que recogiéramos nuestras cosas del sótano y que subiéramos a la habitación de Greg porque así nos podría controlar mejor.

La señora Heffley fue a la habitación de Greg y dijo que estaba enojada con nosotros por habernos escapado y volví a sentirme aver- gonzado. Pero creo que Greg se mete en MUCHOS problemas porque él no parecía tan avergonzado.

En cuanto la señora Heffley se fue a la cama, Greg me llamó estúpido por hacer tanto ruido en casa de los O'Rourke y SUPERESTÚPIDO por llamar al timbre. Yo dije que lo sentía por haber soltado ese "yujuuu" en el trampolín pero que lo del timbre había sido por su culpa.

Entonces Greg me golpeó con su almohada y yo le DEVOLVÍ el golpe pero supongo que hicimos demasiado ruido y entonces tuve que ver al señor Heffley en piyama por segunda vez en una noche.

ZAS

El señor Heffley le dijo a Greg que fuera a dormir a la habitación de Manny y entonces pensé "¿y AHORA quién es el niñito?".

A la mañana siguiente la señora Heffley me despertó y dijo que el desayuno ya estaba preparado en la planta de abajo.

Greg estaba en el baño cepillándose los dientes y me dijo que esperaba que me hubiera traído mi propia pasta de dientes porque si quería usar la suya tendría que pagar porque estaba en su casa.

Le dije que sí me HABÍA traído mi pasta de dientes y entonces dijo que tendría que pagar por el agua que usara para cepillarme los dientes.

Dije que no pensaba pagar por el agua porque yo era el invitado y los invitados siempre disfrutan de un trato ESPECIAL.

Pero él dijo que si yo no iba a pagar lo que debía no podría comerme el desayuno ni ninguna otra comida.

Yo estaba en plan: "sí claro tienes RAZÓN" y entonces dijo que estaba usando su electricidad y apagó la luz y me dejó a oscuras.

CLIC

Cuando bajé le conté a la señora Heffley todo lo que Greg me había dicho en el piso de arriba y ella dijo que tenía RAZÓN respecto a que los invitados son especiales.

Luego me permitió escoger qué hot cakes
quería comer antes de que Greg se sirviera.

Después del desayuno la señora Heffley dijo
que el día anterior habíamos pasado demasiado
tiempo delante del monitor y que debíamos
inventarnos algo que hacer hasta la comida.

Greg estaba enojado así que decidí animarlo
con un chiste de toc toc. Pero él no me res-
pondía " ¿Quién es? " a pesar de que lo intenté varias veces.

Le dije a Greg que iba a subir las escaleras y contarle a su mamá que no estaba diciendo "¿Quién es?". Y solo entonces me respondió.

Yo pregunté "¿Qué hacen los elefantes de noche?". Pero Greg dijo que los chistes de toc toc no llevan preguntas y yo dije que sí que las llevan.

Entonces dijo que yo era un estúpido y yo dije que le iba a contar ESO a su mamá. Y Greg dijo "adelante cuéntaselo" y eso HICE.

Así que la señora Heffley bajó y le dijo a Greg que no podía llamarme ni estúpido ni imbécil ni ningún otro insulto.

Cuando ella se marchó, Greg dijo que tenía un nuevo apodo para mí. Al principio pensé que sería algo positivo pero entonces comprendí lo que quería DECIR.

HOLA SEÑOR TONTO.

Le dije a Greg que iba a decírselo DE NUEVO
a su mamá, pero entonces Greg dijo que era
el Día de los Contrarios de manera que todo
significaba lo contrario de lo habitual.

"ERES MUY LISTO".

Bien, yo sabía lo que él quería EXPRESAR
así que fui y se lo conté a la señora Heffley.
Pero al principio ella no se enojó porque no
sabía lo que era el Día de los Contrarios.

Se lo expliqué todo y la señora Heffley obligó
a Greg a disculparse. Pero creo que Greg
todavía hablaba en sentido contrario.

La señora Heffley nos dijo que los amigos a
veces pierden la paciencia el uno con el otro
pero que pensáramos en que todavía nos
quedaba un día entero que pasar juntos.

Dijo que tal vez debíamos estar separados un breve tiempo y yo pensé que se trataba de una GRAN idea. Así que pasé un rato jugando con Manny en su habitación.

Aunque disfrutaba estar con Manny extrañaba a mi mamá y a mi papá y miraba su foto siempre que podía.

Vi de nuevo a Greg a la hora de la comida.
La señora Heffley hizo unos sándwiches de
crema de cacahuate con mermelada y hasta
se acordó de cortarle las orillas al mío.

Cuando nos comíamos los sándwiches nos dio
galletas con trocitos de chocolate como postre.
A Greg le dio una pero a mí me dio DOS porque
dijo que yo era el invitado y los invitados son
ESPECIALES.

Me comí una de mis galletas e hice un escudo
con los brazos para proteger la otra galleta.
Algunas veces si tengo algo que Greg desea
él lo babea para que a mí me dé asco y ya
no lo quiera.

Eso fue lo que hizo el último Halloween cuando me dieron más dulces que a él.

CHUP

Pero Greg dijo que estaba lleno y que no QUERÍA mi galleta. Dijo que mientras yo jugaba con Manny él había leído un libro de magia y quería enseñarme un truco. Me gusta mucho la magia así que le dije que bueno.

En primer lugar Greg me dijo que pusiera los dedos sobre el borde de la mesa de manera que estuvieran así de juntos:

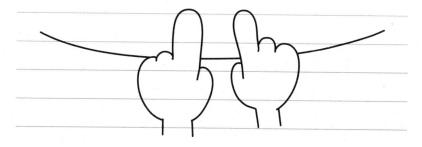

A continuación Greg tomó mi vaso de leche y me lo puso encima de los dedos.

Le pregunté cuándo llegaría la parte mágica y él dijo que YA estaba sucediendo porque no podía moverme. Bueno tenía razón porque si lo hacía, el vaso de leche se derramaría. Y el señor Heffley se enoja mucho cuando derramo cosas en su casa.

Greg dijo que EN VERDAD ahora venía la parte mágica y tomó mi galleta y se la comió.

ÑAM
ÑAM

Entonces, Greg subió las escaleras y yo me quedé inmovilizado en la mesa de la cocina. Y allí seguía media hora después cuando la señora Heffley regresó a la cocina.

Le conté lo que Greg había hecho y ella se enojó mucho pero no por lo del truco de magia. Lo que indignaba a la señora Heffley era que Greg se hubiera comido sin permiso algo que me pertenecía.

Nos dirigimos a la habitación de Greg y la
señora Heffley me dijo que me quedara con
algo de Greg para llevármelo a casa y así
estaríamos a mano.

Bueno, Greg tenía un MONTÓN de juguetes
geniales con los que nunca me dejaba jugar así
que era difícil escoger. Pero cada vez que yo
me acercaba a uno de sus favoritos me daba
a entender que no debería escogerlo.

Escogí una figura de acción que era un caballero al que le faltaba un brazo y a Greg le pareció bien.

En cuanto la señora Heffley salió de la habitación Greg me dijo que jugara con mi caballero mutilado mientras él lo hacía con todas sus cosas geniales.

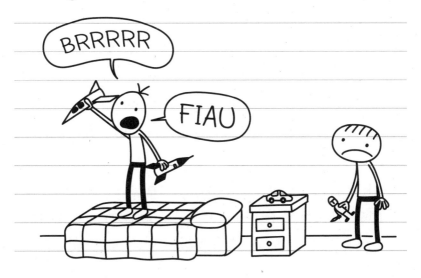

Eso me molestó y quise DEVOLVERLE la jugada a Greg. Así que fingí que me lo estaba pasando en grande con mi juguete.

Bueno, FUNCIONÓ y Greg dijo que tenía que devolverle su juguete. Yo dije: "ni lo sueñes iluso" y él dijo que iba a esperar a que me durmiera y entonces ÉL MISMO lo recuperaría.

Le dije que me guardaría el caballero dentro de los calzones para que le resultara imposible tomarlo. La idea no le hizo ninguna gracia.

Entonces Greg dijo que podíamos a hacer un TRUEQUE con la figurita del caballero y le pregunté qué me daría a cambio. Greg dijo que me daría noventa y nueve céntimos por el caballero y me pareció bien.

Greg sacó un calcetín apestoso de su canasta de la ropa sucia y trató de hacer que lo oliera.

Me pregunté para qué. Y Greg dijo que era el primero de los noventa y nueve "timos".

Dije que quería noventa y nueve CÉNTIMOS y no noventa y nueve TIMOS. Pero Greg dijo que un trato es un trato e intentó que oliera otro calcetín. Ese era el segundo timo.

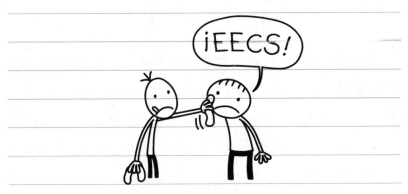

Cuando le dije a Greg que se lo contaría a su mamá, dijo que me cambiaría su dragón de Lego por mi caballero y dije que SÍ porque aquel dragón era mucho más genial que un caballero sin brazo.

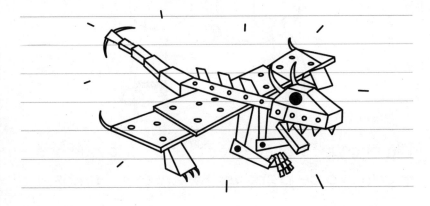

Pero cuando le di a Greg mi caballero él no me entregó el dragón porque según él debería haber recordado que aún era el Día de los Contrarios.

Bueno, esa fue la gota que derramó el vaso de mi paciencia y traté de arrebatarle el dragón. Pero no sé cómo se resbaló y cayó al piso y se rompió en mil pedazos.

CATACLAC   CATACLAC

Debimos hacer mucho ruido porque vimos que la mamá de Greg había regresado a la habitación. Dijo que tendría que separarnos durante el resto de la noche, cosa que me pareció BIEN.

La señora Heffley dijo que cada uno ocupara media habitación y que permaneciéramos en nuestro lado. Así que me preguntó qué lado quería y yo elegí el lado de la CAMA lo cual contrarió mucho a Greg.

Cuando la señora Heffley se fue, Greg dijo que estaba conectando un campo de fuerza invisible entre nuestros dos lados.

Entonces dijo que si alguien lo atravesaba quedaría fulminado.

Greg dijo que le parecía bien que yo estuviera en el lado de la cama porque él podía dormir en el colchón inflable y que las cosas más geniales estaban en SU lado. Y cuando extendí el brazo hacia el lado de Greg para alcanzar mi caballero, por supuesto fui fulminado.

Abrí el cajón de la mesita de noche que estaba junto a la cama de Greg para ver si tenía algún cómic para leer. Bien, no había cómics pero ahí dentro Greg tenía un antiguo video-juego portátil.

Así que jugué con él y Greg no pudo hacer nada por culpa del campo de fuerza.

Greg dijo que podía jugar con los videojuegos yo solo como un nerd, pero que él estaba celebrando una fiesta loca en SU lado de la habitación y no me había invitado. Y me puse algo envidioso porque su fiesta parecía muy divertida.

Dije ok, yo también estoy celebrando una fiesta en MI lado y era todavía más loca que SU fiesta y la música era muy buena. Greg dijo que ni se me ocurriera copiarle su idea original pero creo que tenía envidia de mi fiesta.

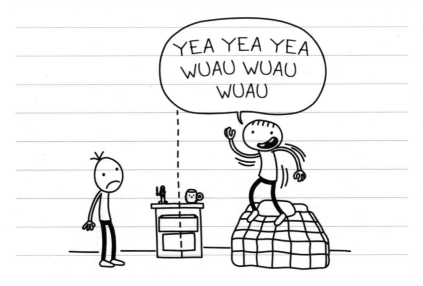

Entonces Greg dijo que el enchufe de las
bocinas de mi fiesta estaba en SU lado,
así que los desconectó para dejarme sin
música.

Greg regresó a su fiesta y yo traté de
decirle que enchufara de nuevo mis bocinas pero
Greg no podía oírme porque la música de su
fiesta estaba demasiado alta.

Pero esta vez fue EL SEÑOR HEFFLEY quien fue a la habitación y Greg no se dio cuenta de que estaba junto a la puerta.

El señor Heffley dijo que no quería volver a llamarnos la atención y se fue. Estuvimos en silencio un buen rato pero luego Greg intentó hacerme reír y casi lo consiguió.

De hecho, prefería que tuviéramos que estar callados porque me estaba dando sueño y quería a dormir.

Le dije a Greg que necesitaba lavarme los dientes y me dijo qué mal porque el campo de fuerza seguía activado y yo estaba atrapado en mi mitad de la habitación por toda la noche.

Así que le pregunté si podía desconectar el campo de fuerza un ratito para cepillarme los dientes pero él dijo que una vez activado el campo de fuerza se queda así hasta la mañana siguiente.

Y luego Greg fue al baño para LAVARSE los dientes y regresó a la habitación.

De pronto recordé que todas las noches tengo que hacer pipí antes de irme a dormir para evitar accidentes.

Pero Greg dijo que tendría que aguantarme hasta el día siguiente. Dije que no podría RE-SISTIR hasta el día siguiente y Greg dijo que ese no era su problema.

Le dije a Greg que si no desconectaba el campo de fuerza haría pipí en la taza de Chewbacca que había sobre la mesita junto a la cama de Greg. Entonces me dijo que tenía un cuchillo invisible especial que era capaz de cortar el campo de fuerza.

Greg me mostró cómo funcionaba el cuchillo recortando un cuadrado del campo de fuerza cerca de la mesita donde estaba la taza.

Y en un instante tomó la taza a través del agujero.

Le pedí a Greg que cortara en el campo de fuerza un agujero de mi tamaño para que yo pudiera pasar a través de él y usar el baño.

Greg dijo que el cuchillo funcionaba con pilas invisibles que se habían agotado cuando hizo SU agujero y que yo tenía muy mala suerte.

Entonces Greg empezó a mencionar toda clase de cosas que me hacían tener muchas ganas de ir al baño.

Al final Greg se cansó y se quedó dormido. Me planteé pasar junto a él a hurtadillas pero me preocupaba que solo estuviera fingiendo y yo acabara fulminado.

Al rato yo también me quedé dormido. Me desperté a eso de las seis de la mañana sintiendo que iba a REVENTAR.

Ya me traía sin cuidado el campo de fuerza pero me preocupaba despertar al señor Heffley si iba al baño. Pero de todas formas debería haber usado el baño porque el señor Heffley ya se había levantado.

PSSSSSS

Por suerte el señor Heffley no miró hacia arriba a tiempo para verme en la ventana y cuando entró en la habitación yo ya había vuelto a la cama.

Al poco rato me quedé dormido de nuevo y me levanté cuando la señora Heffley dijo que era hora de desayunar.

Después del desayuno fui a recoger mi caballero en la habitación de Greg pero no encontré el juguete por NINGÚN LADO.

Greg dijo que no sabía qué le había sucedido, pero la señora Heffley le dijo que tenía que ayudarme a buscarlo.

Así que los dos buscamos por toda la habitación pero Greg no fue de mucha ayuda.

Imagino que la señora Heffley sospechó que Greg había escondido el caballero en algún sitio porque le dijo que si no me lo daba en dos minutos tendría un serio problema.

Greg dijo que necesitaba ir al baño pero que en cuanto hubiese acabado seguiría con la búsqueda del caballero. Pero cuando entró allí me di cuenta de que tenía algo en la mano.

Greg se encerró en el baño y la señora Heffley le dijo que saliera enseguida. Pero entonces Greg le jaló al retrete y cuando abrió la puerta ya no llevaba nada en la mano.

La señora Heffley obligó a Greg a darme TRES juguetes y esta vez escogí unos que NO ESTABAN rotos.

Mi mamá y mi papá vinieron a recogerme justo antes de la comida y vaya si estaba contento de verlos. Posdata: si quieren saber la respuesta al chiste toc toc, es "Los elefantes ven la elevisión".

LAS AVENTURAS DE
GREG Y ROWLEY

Ya casi terminé de poner al día la vida de Greg
así que hoy le mostré lo que llevaba escrito
hasta el momento. Pensaba que le encantaría
pero se llevó un DISGUSTO monumental.

Greg dijo que se suponía que este libro se
trataría sobre ÉL y no sobre MÍ. Le dije
que era difícil escribir solo acerca de ÉL
porque la mayor parte del tiempo hacemos
cosas JUNTOS.

Dijo que tenía que eliminar todo el material
del libro en el que apareciera yo. Le dije que
eso sería una estupidez porque entonces
el libro ocuparía tan solo una página.

Dije que tal vez debíamos cambiar el título por "LAS AVENTURAS DE GREG Y ROWLEY" y podría ser NUESTRA biografía.

Dije que como hay un montón de material de terror en este libro lo podríamos incluir en una serie en la que dos colegas se dedican a solucionar misterios. Podríamos ganar un montón de dinero y AMBOS nos haríamos ricos.

Greg dijo que esa era la idea más estúpida que había oído nunca.

Dijo que este libro se trata acerca de SU vida y que si quisiera podría cambiar el nombre de su mejor amigo a Rupert y entonces ya no me debería NADA. Agregó que podría hacer que Rupert pareciera todo el tiempo un estúpido al que se le cae la baba.

Luego me dijo que de todos modos el libro olía raro y cuando me lo acerqué a la nariz para comprobar su olor me lo estampó en el rostro.

Así que le pregunté: "eh ¿a qué vino ESO?".
Y Greg dijo que eso era por haberlo dejado
caer en aquel charco.

Esa vez me dijo que me la devolvería cuando
menos me lo esperara y supongo que en
ESO tenía razón.

Pero yo estaba muy enojado y lo azoté con
su biografía.

Bien, supongo que Greg tampoco se esperaba
ESO porque perdió el equilibrio y se cayó en
un enorme charco.

En cualquier caso ahora me encuentro en mi habitación esperando a que la mamá de Greg lo llame para que se vaya a su casa a dormir porque ya se saltó la cena.

Me alegra que todo eso haya ocurrido hoy porque así pude escribir un nuevo capítulo en nuestra biografía. Estoy seguro de que ma- ñana seremos amigos de nuevo y tendremos un montón de aventuras que escribiré aquí.

Y si seguimos con mi idea de las historias de terror venderemos un millón de ejemplares.

Pero si Greg cambia mi nombre a Rupert, diré para que conste en actas que él también se hizo pipí la primera vez que dormimos juntos.

<u>De acuerdo ahora soy YO de nuevo</u>
Bien, si a Greg no le gusta su biografía entonces puedo volver a usar este diario para
escribir sobre MÍ MISMO.

Así que ahora vuelvo a ser oficialmente el
protagonista de este libro. Y a partir de
ahora solo hablaré de mí y de mi mamá y
de mi papá y también podría mencionar una
vez más a la señora Beck si queda suficiente
espacio.

Hablando de mi mamá y de mi papá, los dos
fueron a mi habitación después de mi última
pelea con Greg para hablar del asunto.

ROWLEY TAL VEZ SEA HORA DE
QUE BUSQUES NUEVOS AMIGOS.

Pero realmente no creo que pueda buscar nuevos amigos porque Greg ya me ocupa mucho tiempo.

Sé que Greg y yo no siempre nos llevamos bien pero como dijo la señora Heffley a veces los amigos pierden la paciencia el uno con el otro.

Greg y yo nos hacemos perder la paciencia muy A MENUDO así que supongo que eso demuestra que somos